GARCÍA MÁRQUEZ

em estado puro

GARCÍA MÁRQUEZ

em estado puro

por ERIC NEPOMUCENO

Por mais que cada um dos livros de Gabriel García Márquez seja marcante e definitivo, esses três são de maneira especial.

É que, além de sua qualidade absoluta, representam etapas específicas da vida do autor, e isso transparece claramente no resultado final.

Escritos entre 1965 e 1984, *Cem anos de solidão*, *Crônica de uma morte anunciada* e *O amor nos tempos do cólera* comprovam que ao longo dessas duas décadas García Márquez não apenas manteve intacta a carpintaria literária exuberante e perfeita como soube criar diferentes atmosferas envolvendo seus personagens sem perder, em nenhum momento, a capacidade não só de atrair mas de literalmente prender o leitor em nuvens de magia, de delicada poesia, de exuberante vontade de viver.

Em 1967, *Cem anos de solidão* mudou não somente, e de maneira radical, a vida pessoal de García Márquez: mudou todo o panorama da literatura latino-americana. A exemplo do que havia acontecido em 1955 com Juan Rulfo e seu *Pedro Páramo,* o livro marcou uma vez mais a fronteira no panorama da literatura latino-americana entre um antes e um depois.

E mais: contribuiu de maneira determinante para que nos quatro cantos do mundo brilhasse a fagulha da curiosidade não só pelo que se escrevia, mas também sobre como era esse estranho mundo das nossas comarcas da América Latina.

Já em *Crônica de uma morte anunciada*, lançado catorze anos depois, ele se atira num desafio tremendo para qualquer escritor: abrir mão da surpresa, da tensão inicial que se espera de cada livro.

Logo na abertura aparece a descrição precisa, em tom jornalístico, de um assassinato. Sabe-se quem mata, quem morre e a razão de tudo isso.

Pouquíssimos autores se atreveram a enfrentar semelhante precipício. Assim de estalo, recordo um grande mestre do romance *noir*, Dashiell Hammett, e mais ninguém. E ainda assim, de maneira mais diluída, sem tanto impacto como o da estrutura narrativa de *Crônica de uma morte anunciada*.

Em *O amor nos tempos do cólera*, outro risco: abordar um tema desgastado de tanto uso, a história de um amor impossível que vai sendo adiado até finalmente chegar a bom porto.

E, uma vez mais, a maestria do ofício de García Márquez surge em todo seu olímpico esplendor na construção dos personagens, nas descrições minuciosas, na criação de uma atmosfera ao mesmo tempo diáfana e envolvente, imprevista e impossível, porém, previsível – coisa que o leitor só confirma no final.

É como se ele soubesse que todo leitor poderia prever o que iria acontecer. Seu desafio, então, seria prender esse leitor, seduzi-lo, transportá-lo para dentro da história.

E de novo venceu, galhardo, o desafio e todos os seus imensos riscos.

É verdade que antes da publicação de *Cem anos de solidão* García Márquez já tinha dado robustas demonstrações de seu talento em quatro livros. Basta, aliás, recordar *Ninguém escreve ao coronel*, que até o fim ele assegurava (ouvi essa frase dúzias de vezes) que era "o mais invulnerável" de tudo que escreveu, ou os contos de *Os funerais da Mamãe Grande*.

Gabriel García Márquez e Mercedes Barcha

Só que, até então, ele era um escritor conhecido e reconhecido por colegas de ofício, mas quase um anônimo para os leitores. Nenhum de seus livros tinha superado a marca dos mil e poucos exemplares vendidos.

Em 1965, quando começou a escrever aquela história alucinada da família Buendía que o transformaria em um autor extremamente popular, era mais conhecido no México e na Colômbia por seu trabalho como roteirista e principalmente como jornalista que pelos seus livros.

Há um sem-fim de histórias sobre como e quando *Cem anos de solidão* começou a ser escrito, mas todas elas giram ao redor de um mesmo eixo: o dia em que, feito chispa certeira, surgiu para ele a frase que dá início ao livro.

Aliás, uma das aberturas mais fulgurantes de todos os tempos: "Muitos anos depois, diante do pelotão de fuzilamento, o coronel Aureliano Buendía havia de recordar aquela tarde remota em que seu pai o levou para conhecer o gelo."

Muitas vezes me perguntei, e perguntei a ele, o óbvio: por que o coronel estava diante de um pelotão de fuzilamento?

A resposta dele: "Quando a frase surgiu, eu não tinha a menor ideia. Escrevi e pensei: e agora, o que vem por aí?"

Além disso, na verdade nem o próprio Gabriel García Márquez, nem Mercedes, sua eterna guardiã, nem o poeta e escritor Álvaro Mutis, o mais amigo dos amigos, eram capazes de lembrar o dia, a semana ou o mês em que foi escrita essa primeira frase de *Cem anos de solidão*.

Tudo que se sabe é que foi numa terça-feira de 1965, entre o fim de junho e o começo de agosto. E que ela foi escrita na Cidade do México, na rua Loma, número 19, em San Ángel Inn, um bairro de classe média que na época era relativamente novo.

Havia um jardim gramado na frente e um pequeno quintal com dois freixos – árvores frondosas e de madeira resistente, como resistentes seriam o autor e principalmente Mercedes, ao longo de intensos e alucinados dezoito meses. Sim, um ano e meio, dia a dia, semana a semana, mês a mês, sete, oito horas diárias e alucinantes até que o livro ficasse pronto.

García Márquez tinha 37 anos quando escreveu aquela primeira frase. Havia chegado à Cidade do México quatro anos antes – no entardecer do domingo, 2 de julho de 1961.

Gabo em julho de 1962

Entre a chegada e o começo do livro que mudaria sua vida, ele fez de tudo um pouco. Trabalhou como jornalista, dirigiu revistas de gosto mais que duvidoso (isso, sim, exigiu que seu nome não aparecesse no expediente. Nem máquina de escrever havia em seu escritório), se deixou fascinar por Juan Rulfo (dizia que *Pedro Páramo* havia mudado sua maneira de ler e escrever, que foi um dos maiores choques de sua vida de leitor) e nada mais. De literatura, de seu ofício de escritor, uma pausa angustiante.

Não tinha nem mesmo esboçado um conto. Vivia uma aridez absoluta.

Página do original de O amor nos tempos do cólera *revisado por García Márquez em 1985*

Muchos años después, frente al pelotón de fusilamiento, el coronel Aureliano Buendía había de recordar aquella tarde remota en que su padre lo llevó a conocer el hielo. Macondo era entonces una aldea de veinte casas de barro y cañabrava construídas a la orilla de un río de aguas diáfanas que se precipitaban por un lecho de piedras pulidas, blancas y enormes como huevos prehistóricos. El mundo era tan reciente, que muchas cosas carecían de nombre, y para mencionarlas había que señalarlas con el dedo.

Todos los años, por el mes de marzo, una familia de gitanos desarrapados plantaba su carpa cerca de la aldea, y con un grande alboroto de pitos y timbales daban a conocer los nuevos inventos. Primero llevaron el imán. Un gitano corpulento, de barba montaraz y manos de gorrión, que se presentó con el nombre de Melquíades, hizo una truculenta demostración pública de lo que él mismo llamaba la octava maravilla de los sabios alquimistas de Macedonia. Fue de casa en casa arrastrando dos lingotes metálicos, y todo el mundo se espantó al ver que los calderos, las pailas, las tenazas y los anafres se caían de su sitio, y las maderas crujían por la desesperación de los clavos y los tornillos tratando de desenclavarse, y aun los objetos perdidos desde hacía mucho tiempo aparecían por donde más se los había buscado, y se arrastraban en desbandada turbulenta

Gabriel

67-94-2033

Muito tempo mais tarde, ele diria que *Cem anos de solidão* tinha começado a ser escrito em 1948, em longas tiras de papel jornal, em Cartagena das Índias. E que durante dezessete anos havia passado por diferentes versões, sempre com o título *La casa,* sem que nunca tivesse surgido a estrutura correta, a atmosfera necessária, e principalmente o tom convincente da narração, aquele mesmo tom com que sua avó materna contava histórias inacreditáveis.

E que, quando isso tudo apareceu, foi possível enfim que ele começasse a escrever o que vinha tentando desde os seus 20 anos.

Cem anos de solidão foi lançado no dia 20 de junho de 1967, numa edição de oito mil exemplares. Até aquele dia, a soma total das vendas de todos os seus livros não chegava à metade.

Quando soube da tiragem, García Márquez ficou preocupado. Pressentia que o livro teria êxito, mas não tanto.

Pois a edição se esgotou em quinze dias. Veio a segunda, veio a terceira, e em pouco menos de três meses a editora teve de suspender a impressão de todos os outros livros e comprar cotas extras de papel.

Quando García Márquez fez 80 anos, em 2007, o livro tinha vendido mais de 50 milhões de exemplares em 36 idiomas.

Ou seja: naquela altura, o total de leitores de *Cem anos de solidão* poderia formar um dos vinte países mais populosos do mundo.

Além da escrita especialmente fluida (aliás, exaustivamente elaborada justamente para fluir com formidável leveza e naturalidade, mesmo quando surgem imagens insólitas e acontecimentos surpreendentes), há vários outros fatores que fizeram deste livro algo irremediavelmente inesquecível e único.

Entre esses fatores determinantes vale destacar alguns.

A força da observação de García Márquez, a força da desaforada poesia e da obstinada persistência que impregna a vida da gente dessas comarcas chamadas de América Latina.

Realismo mágico? Ora, melhor é deixar definitivamente de lado as razões dos explicadores de tudo, que acham que nada existe sem um selo, um rótulo, e ficar com o que dizia García Márquez.

Para ele, a realidade vivida na América Latina era, em si, absolutamente mágica. Cansou de reiterar que o pilar básico de sua escrita sempre foi a vida cotidiana, a real realidade de quem habita e sobrevive neste continente atormentado de esperança. Uma realidade absolutamente mágica.

Também disse uma e mil vezes que não fazia outra coisa além de escrever exatamente como eram as histórias que ouvia de sua avó materna.

Há um exemplo claro e concreto de como García Márquez traduzia em ficção o que, criança, tinha ouvido e registrado na vida real. É o caso, por exemplo, da personagem "Remédios, a Bela", de *Cem anos de solidão*, aquela que ao estender lençóis no varal sai voando pelos ares e desaparece para sempre.

Dona Luisa Santiaga contou, décadas depois de o livro ter aparecido, que Remédios era o nome de uma criada em casa de sua mãe. Ela acabou engravidando do namorado e indo embora. Certa noite, na hora do jantar, alguém perguntou o que tinha acontecido com Remédios. "Foi

Cerimônia de entrega do Prêmio Nobel de Literatura em 1982

embora voando", respondeu. O menino ouviu a resposta, que ficou na memória para sempre. E assim surgiu o destino de sua personagem.

Trata-se, além disso, de um exemplo muito parecido com o que acontece na região amazônica brasileira. Sempre que uma moça solteira e supostamente virgem aparece prenhe, a explicação popular é de que foi o boto, que em certas noites de lua cheia aparece transmutado em homem, com um chapéu para esconder o furo no topo da cabeça, e frequenta bailes atraindo alguma donzela distraída. Ou seja: tanto fazia, para García Márquez, uma frase estranha ouvida na infância ou uma lenda que sobrevive na memória popular coletiva nas nossas comarcas.

Ao longo do tempo, mas especialmente a partir da história alucinada e dramática da família Buendía, ficou claro que a América Latina estava e estaria presente em tudo que García Márquez criou e criaria, como matéria-prima e cenário permanente.

E também presente estava a determinação de romper fronteiras entre o que se supõe real e o que se supõe imaginação, tratando de deixar claro que o povo das nossas comarcas ao longo do tempo não fez mais do que tentar, justamente a partir da sua imaginação coletiva, transformar a realidade.

Gabo em seu escritório, 2006

Em sua obra, tudo isso aparece carregado de uma dose contundente de lirismo e melancolia.

Há, da parte do autor, um esforço olímpico para se agarrar na certeza mais absoluta de que a raça humana é capaz de sobreviver às piores catástrofes, até mesmo as que ela própria gera em seu egoísmo e em sua ganância. E que ele escrevia para impedir o que está expresso diretamente nas últimas linhas de *Cem anos de solidão*: reivindicar para todos os condenados a cem anos de solidão uma segunda oportunidade sobre a Terra.

Seus livros, antes e depois da história dos Buendía, são livros da solidão e da nostalgia e também da busca desesperada por essa segunda oportunidade.

São livros reveladores da infinita capacidade de poesia contida na vida humana. O eixo, porém, é o mesmo, ao redor do qual giramos todos: a solidão, a solidão e a esperança perene de encontrar antídotos contra essa condenação.

Catorze anos e dois livros (os contos de *A incrível e triste história de Cândida Erêndira e sua avó desalmada* e o surpreendente e ambicioso, principalmente na forma, *O outono do patriarca*) depois do êxito estrondoso da obra que faria dele uma figura popular em meio mundo, em 1981 foi lançado um romance curto – 156 páginas na edição original – com um título intrigante (como de hábito em se tratando de García Márquez): *Crônica de uma morte anunciada.*

De saída houve, especialmente na América Latina, mas em proporção bem menor também em Espanha, Itália e França, um princípio de polêmica. Nada relacionado propriamente ao livro, mas ao seu lançamento: é que quando apareceu *O outono do patriarca*, em 1975, e perguntaram a ele sobre seu próximo projeto, García Márquez disse que não tornaria a publicar ficção enquanto Augusto Pinochet, o sanguinário general ditador que liquidou com a democracia no Chile num golpe em setembro de 1973 que culminou com a morte do presidente Salvador Allende, estivesse no poder.

Questionado, num primeiro momento preferiu se manter em silêncio. Logo avisou que daquela vez não daria entrevistas (bem, concedeu uma, para mim, publicada simultaneamente na revista brasileira *Veja*, na mexicana *Proceso* e na espanhola *Triunfo*, e depois reproduzida em outras publicações mundo afora).

Mas foi ao ser confrontado por exilados chilenos no México que deu uma resposta fulminante: "Eu fiz a minha parte, vocês não fizeram a sua, e ajudei no que pude. Estou com esse livro pronto há um bom tempo, esperando vocês derrubarem Pinochet. Cansei de esperar."

Isso num almoço na casa de seu amigo Álvaro Mutis. Mas a resposta foi parar nas páginas de jornais de meio mundo. Assim agia ele, e a questão morreu aí.

Passado esse arremedo de polêmica, o livro galgou rapidamente os degraus que faltavam para se tornar um êxito fulminante.

Ao contrário da forma exuberante de *Cem anos de solidão* e principalmente da ousadia formal de *O outono do patriarca*, em *Crônica de uma morte anunciada* García Márquez optou por um estilo mais seco, veloz e direto, na linha de literatura de não ficção, ou seja, do jornalismo.

Na verdade, o que ele faz é reconstruir um assassinato real, que aconteceu em 1951 na cidade colombiana de Sucre. Por essa razão – se tratar de um caso que efetivamente ocorreu – entrevistou personagens daquele tempo. Mas nada disso aparece explicitamente no livro.

O que ele fez foi reconstruir a história à sua maneira: indo e vindo no tempo narrativo, misturando memórias inverossímeis dos personagens com pessoas reais (sua irmã Margot, sua mulher Mercedes em rápidas aparições), tudo isso carregado de minuciosas descrições num texto que flui ora suave, ora veloz, como os rios da infância.

Logo na primeira frase do livro fica estabelecido o que vai acontecer, tudo contado com a precisão do repórter García Márquez: "No dia em que o matariam, Santiago Nasar levantou-se às 5h30 da manhã para esperar o navio em que chegava o bispo."

Em seguida, conta o sonho sonhado por Santiago na noite anterior à sua morte. E conta como foi aquela noite derradeira: Santiago Nasar dormiu pouco e mal, sem tirar a roupa. Acordou com dor de cabeça e um resto de "gosto de estribo de cobre na boca".

García Márquez em estado puro: não era um gosto estranho, não era um gosto amargo, não era um gosto desagradável, não era um gosto desconhecido: era um gosto de estribo; e mais: estribo de cobre.

Assim, mesclando imagens surpreendentes, interpretações de sonhos extravagantes, detalhes do cotidiano, desenhando perfis e personalidades que vão surgindo numa sequência ora metódica, ora ao sabor dos ventos da memória, García Márquez oscila entre ficção e realidade.

Por exemplo: Santiago Nasar, rico herdeiro de pai fazendeiro, dormia sempre com uma arma carregada dentro da fronha, na parte de baixo do travesseiro.

Mas, quando acordava, descarregava aquela e todas as outras armas da casa. Fazia isso por precaução: para evitar que, num descuido qualquer, alguém da casa disparasse um tiro.

Tinha razões de sobra para agir assim: é que trazia da infância a lembrança do dia em que a empregada sacudiu o travesseiro deixando cair a pistola, que disparou.

A bala atravessou o armário do quarto, atravessou a parede da sala, passou pela sala da vizinha e foi dar numa estátua de santo de tamanho natural que estava no altar da igreja do outro lado da praça. O santo, claro, foi despedaçado.

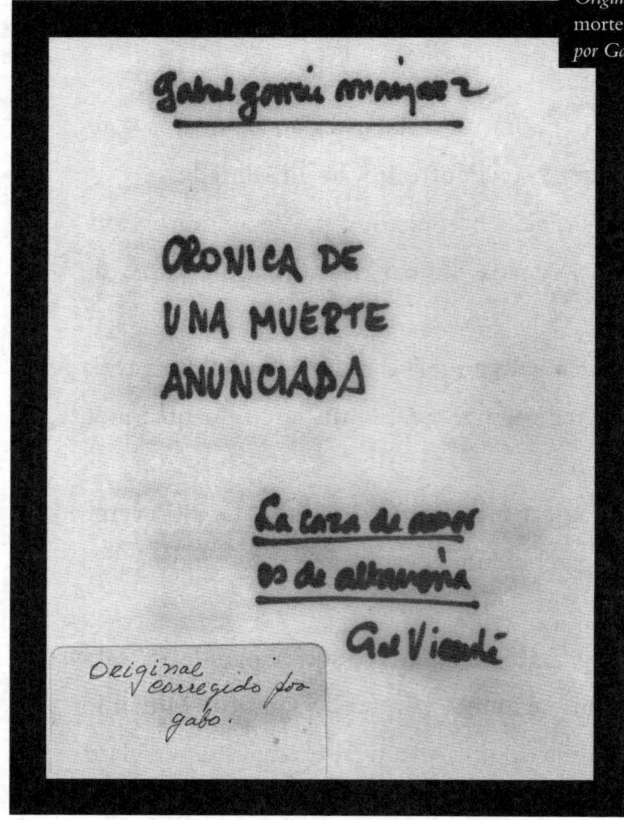

Original de Crônica de uma morte anunciada *revisado por García Márquez em 1980*

Não importa que nenhuma bala de pistola, do calibre que for, seja capaz de semelhante proeza: afinal, o narrador anônimo do livro não está afirmando isso. Trata-se apenas da memória que Santiago traz da infância, e sabemos todos como as recordações da infância costumam ser imprecisas, quando não puramente fantasiosas.

E é assim, numa rara convergência entre o que é apurado num tom rigorosamente jornalístico e o que o narrador ouve dos personagens, que vai sendo escrito esse relato surpreendente.

No fundo, o que García Márquez faz nesse livro é reconstruir, num intenso movimento de idas e voltas no tempo, um retrato fiel – e doloroso – do que são as classes sociais latino-americanas.

Saltam a todo vapor preconceitos sociais, barreiras sociais, ranços sociais. No fundo, Santiago Nasar não tem culpa nenhuma em cartório nenhum. Não foi ele quem tirou a virgindade de Ângela Vicário. Foi seu verdadeiro grande amor, Bayardo San Román. Mas o tabu da virgindade prevalece, como prevalece a razão de Ângela ter mentido.

Conto isso aqui porque está no começo do livro. Reitero: o grande lance de *Crônica de uma morte anunciada* está em contar tudo de saída, e depois ir levando, pouco a pouco e mão na mão, o leitor a mergulhar num mundo de egoísmos, preconceitos, sentimentos menores e ao mesmo tempo tão comuns, tão presentes, tão permanentes, nas nossas sociedades, ao longo de todos os anos que se alongam.

Um dos pontos mais intrigantes desse livro é o seguinte: todo mundo, a população inteira de Riohacha, o povoado onde acontece a história, sabia que Santiago seria assassinado.

Todo mundo sabia que os irmãos Vicário iriam acabar com ele.

E por qual razão, por que motivo, ninguém avisou o que todo mundo sabia?

O que mais impressiona no livro é a forma pela qual García Márquez vai, pouco a pouco, muito a muito, explicando isso: uma cidade inteira sabe que o poderoso herdeiro de uma poderosa família será assassinado por uma coisa que não fez e ninguém faz nada.

Crônica de uma morte anunciada é, enfim, muito mais que a volta do autor de *O outono do patriarca* de um silêncio editorial de seis anos: é o duplo retorno de um jornalista em seu mais alto estágio e de um escritor no mais pleno domínio de seu ofício.

É no mínimo admirável a forma pela qual García Márquez vai construindo cada personagem e, assim, erguendo a história.

Há figuras que atuam com uma calma inexplicável em uma situação de tensão máxima, há outras que se antecipam a essa tensão sabendo o que iria acontecer.

Aliás, e vale repetir: todas, menos a vítima.

E vale também repetir que o que torna esse livro especialmente consistente – e permanente – é a forma pela qual García Márquez mistura técnicas da mais pura literatura de não ficção (jornalismo) com as de ficção, buscando – e alcançando – um ritmo que varia sem jamais perder a meada.

E, enfim, há o terceiro livro deste trio selecionado pela editora Record, *O amor nos tempos do cólera*, numa tradução admirável do grande mestre Antônio Callado e que marcou – a feitura do livro – um tempo específico da vida de García Márquez.

Lá pelo final de 1982, começo de 1983, os amigos mais próximos viram que García Márquez vivia tempos de estranha excitação. Era sinal conhecido: com certeza ele estaria trabalhando em algum projeto novo.

O que mais chamava a atenção era seu entusiasmo pela britânica Barbara Cartland, autora de centenas de romances açucarados, girando sempre ao redor do mesmo eixo: mocinhas prendadas e virgens que se casavam com cavalheiros ricos e poderosos e viviam felizes para sempre.

Essa grande mestra do clichê medíocre era mencionada por ele com entusiasmo, ao lado de outras autoras do mesmo e opaco quilate, justamente porque escreviam romances com final feliz.

Pouco depois, ainda no primeiro trimestre de 1983, García Márquez enfim abriu o jogo: estava, sim, escrevendo uma história de amor, um amor tempestuoso, que teria um final feliz. Qual e como? Ora, isso era justamente o que ele estava buscando, esculpindo dia a dia das sete da manhã às duas da tarde. Já tinha desenhado o perfil de Fermina Daza, a protagonista principal, e de seus dois candidatos, um deles um médico bem-sucedido e o outro um poeta lúgubre.

Passou, então, a exercer um de seus hábitos quando mergulhava em um projeto longo e ambicioso: a cada tanto, mas com intensidade crescente, contava a alguns amigos o que havia acabado de escrever. Era como uma entrega antecipada do que depois viria na forma de livro impresso.

Só que – e seu conterrâneo Álvaro Mutis era a vítima mais antiga, desde a escrita de *Cem anos de solidão* –, quando o livro enfim aparecia, a maior parte do que ele havia antecipado em conversas velozes não estava

Luisa Santiaga Márquez Iguarán (mãe) e Nicolás Ricardo Márquez Mejía (avô)

lá. Ou mentia para se divertir, ou fazia profundas mudanças na revisão final do que havia escrito.

Para García Márquez, o livro pelo qual seria lembrado no futuro era justamente *O amor nos tempos do cólera*, mais do que qualquer outro, *Cem anos de solidão* inclusive. Se *Ninguém escreve ao coronel* era seu livro "mais invulnerável", aquele seria o permanente.

Enquanto escrevia de maneira incessante, com períodos de atividade febril, mencionava sempre os "amores contrariados" como um dos grandes desafios da vida a serem superados. E assegurava que quem conseguisse superá-lo viveria feliz para sempre.

García Márquez reiterou sempre a mesma afirmação: dizia que não havia um só livro escrito por ele que não tivesse como base um dado da realidade. No caso de *O amor nos tempos do cólera*, a realidade estava absolutamente próxima: sua mãe, Luisa Santiaga, e seu pai, Gabriel Eligio, viveram literalmente um amor contrariado. Tanto assim, que o primeiro filho do casal, Gabriel, como o pai, passou a infância com a mãe e os avós maternos, tendo a figura preponderante do coronel Nicolás Márquez como – além do menino – único varão num casarão povoado de mulheres que contavam histórias de fantasmas.

Gabriel Eligio era, além de telegrafista, boticário. E mais: integrava o Partido Conservador, enquanto o coronel Nicolás era do Partido Liberal. Pior de tudo: o pretendente da jovem Luisa Santiaga era filho de mãe solteira. Isso, lá por 1920, era inadmissível.

A história de Florentino Ariza é idêntica à dos pais do escritor. Ele se apaixonou por Fermina Daza, moça de beleza luminosa, e foi correspondido – mas tudo em segredo, tudo à distância, sem que os dois se encontrassem nunca. Só se falavam por carta, devidamente acobertados por uma tia da jovem.

Ele trabalhava como telegrafista (profissão de Gabriel Eligio), escrevia cartas de até sessenta páginas, se derramava de amor.

Quando o poderoso e oligarca pai da moça descobriu o romance mais que platônico, o amor foi absolutamente contrariado. E seria preciso que se passassem "cinquenta e três anos, sete meses e onze dias com suas noites" para que enfim Florentino e Fermina se juntassem para sempre.

Ao longo desse tempo, Florentino preservou, intacto, seu amor contrariado, mas não seu corpo: se envolveu com nada menos que 622 mulheres de todas as idades, algumas casadas em busca de aventuras, outras bem mais velhas, muitas bem mais jovens, entre elas uma de suas afilhadas. Isso, claro, além dos envolvimentos fugazes, aqueles de uma só vez.

E também ao longo desse tempo sua vida mudou completamente: de telegrafista pobre se transformou em poderoso empresário naval.

Essa transmutação se deu aos poucos. Entre um caso esporádico e relações até que estáveis, mudou sua imagem diante da sociedade, passou a se preocupar com sua aparência, tudo isso para tornar-se digno, quando fosse a hora e a vez, das atenções de sua eterna amada.

Tudo isso, que pode parecer esquemático e previsível, é tratado pelo autor como um trabalho de ourivesaria delicada e exata. A narração tem som próprio e harmonioso, e uma vez mais o detalhamento das descrições transforma tudo, até mesmo o mais inacreditável ou extravagante, em algo envolto por uma realidade palpável.

Neste romance a forma escolhida por García Márquez é especialmente exuberante, barroca, circular no tempo, com idas ao passado e voltas ao presente. Em nenhum outro de seus livros a prosa poética é tão palpável.

Nem mesmo a poderosa carga de poesia – e melancolia – espalhada por cada linha de *Cem anos de solidão* é comparável ao lirismo olímpico de *O amor nos tempos do cólera*. E isso foi intencional: García Márquez decidiu que um amor como o de Florentino por Fermina ou seria absolutamente exagerado, ou não seria merecedor da confiança radical do leitor.

A fé sacerdotal de Florentino em que seu amor alguma vez seria plenamente correspondido parece injustificável ao longo de quase todo o livro. García Márquez deixa transparecer com extrema sutileza que, às vezes, Florentino previa que a única possibilidade de que Fermina, bem casada, vivendo um matrimônio sereno, finalmente fosse sua, seria a morte do marido dela, o saudabilíssimo doutor Juvenal Urbino.

A vida cotidiana de Fermina e seu marido, médico rico e poderoso, louvado por ter debelado a epidemia de cólera na cidadezinha, é descrita nos mínimos detalhes, das refeições às conversas. Uma forma de situar o leitor num tempo impreciso, alguma época próxima ao fim do século XIX e começo do século XX.

De maneira discreta mas efetiva, descreve a submissão da criadagem numa casa da oligarquia, o modelo patriarcal não só do casamento mas de toda a sociedade, criando assim a atmosfera necessária para situar enredo e personagens num clima não muito distante daquele vivido pela América Latina quase um século depois.

Muitos anos depois da publicação do livro, García Márquez admitiu, num documentário de televisão, aquilo que os amigos mais próximos já sabiam: para escrever essa tresloucada história de amor, ele, com afinco e dedicação de jornalista, fez um sem-número de entrevistas com seus pais. No começo, reunia os dois, mas não dava certo: Gabriel Eligio e dona Luisa Santiaga acabavam entrando em contradições, e tudo virava discussão. A saída foi entrevistar cada um separadamente.

"Há muito pouco de imaginação nesse livro", ele me disse uma vez enquanto caminhávamos por Cartagena das Índias, cenário do romance. O que sim havia era a mescla das memórias de seus pais com as dele, algumas vindas da infância, e também de pessoas amigas ou conhecidas.

Aliás, a vasta sucessão de personagens que circulam ao lado tanto de Fermina e do doutor Juvenal, mas principalmente de Florentino, todos e cada um deles descritos minuciosamente, compõe uma aquarela fascinante. São inverossímeis na maior parte dos casos, mas García Márquez uma vez mais se mostrou um mestre escultor capaz de fazer suas criaturas

Emendas de Gabriel García Márquez em Cem anos de solidão, *1967*

Era inevitable : el olor de las almendras amargas le recordaba siempre el destino de los amores contrariados. El doctor Juvenal Urbino lo percibió desde que entró en la casa todavía en penumbras, adonde había acudido de urgencia a ocuparse de un caso que para él había dejado de ser urgente desde hacía muchos años. El refugiado antillano Jeremiah de Saint-Amour, inválido de guerra, fotógrafo de niños y su adversario de ajedrez mas compasivo, se había puesto a salvo de los tormentos de la memoria con un sahumerio de cianuro de oro.

Encontró el cadáver cubierto con una manta en el catre de campaña donde había dormido siempre, junto a un taburete sobre el cual estaba todavía la cubeta que había servido para vaporizar el veneno. En el suelo estaban las muletas. El cuarto sofocante y abigarrado que hacía al mismo tiempo de alcoba y laboratorio, empezaba a iluminarse apenas con el resplandor del amanecer en la ventana abierta, pero era luz bastante para reconocer de inmediato la autoridad de la muerte. Las otras ventanas, así como cualquier resquicio de la habitación, estaban amordazadas con trapos o selladas con cartones negros, y eso aumentaba su densidad opresiva. Había un mesón atiborrado de frascos de ácidos y pomos de sales sin rótulos, y dos cubetas de peltre descascarado bajo un foco ordinario cubierto de papel rojo. La tercera cubeta, la del liquido fijador, era la que estaba junto al cadáver. Había papeles viejos por todas partes, pilas de negativos en placas de vidrio, muebles lisiados, pero todo estaba preservado del polvo por una mano diligente. Aunque el aire de la ventana

ganharem vida e convencerem o leitor da sua veracidade.

Não há muitos diálogos no livro. O que sim existe é uma prosa extremamente poética, prenhe de observações agudas sobre a vida e a variedade alucinante de variações que ela propõe e, muitas vezes, impõe.

Acima de tudo, a intenção de García Márquez quando escreveu a primeira linha de *O amor nos tempos do cólera* era erguer um canto à vida, ao amor e, por que não?, à etapa do amadurecimento, quando há mais memória que novos tempos pela frente e ousar recuperar causas perdidas no passado se transforma num desafio imenso.

Aliás, mais que intenção, o correto é dizer que essa foi sua determinação. E, uma vez mais, ele cumpriu de maneira cabal a missão a que se propôs. Queria escrever um livro de amor com final feliz. E escreveu um livro de beleza inoxidável pelo tempo, um belíssimo livro de amor com final feliz. Improvável, impensável, mas feliz.

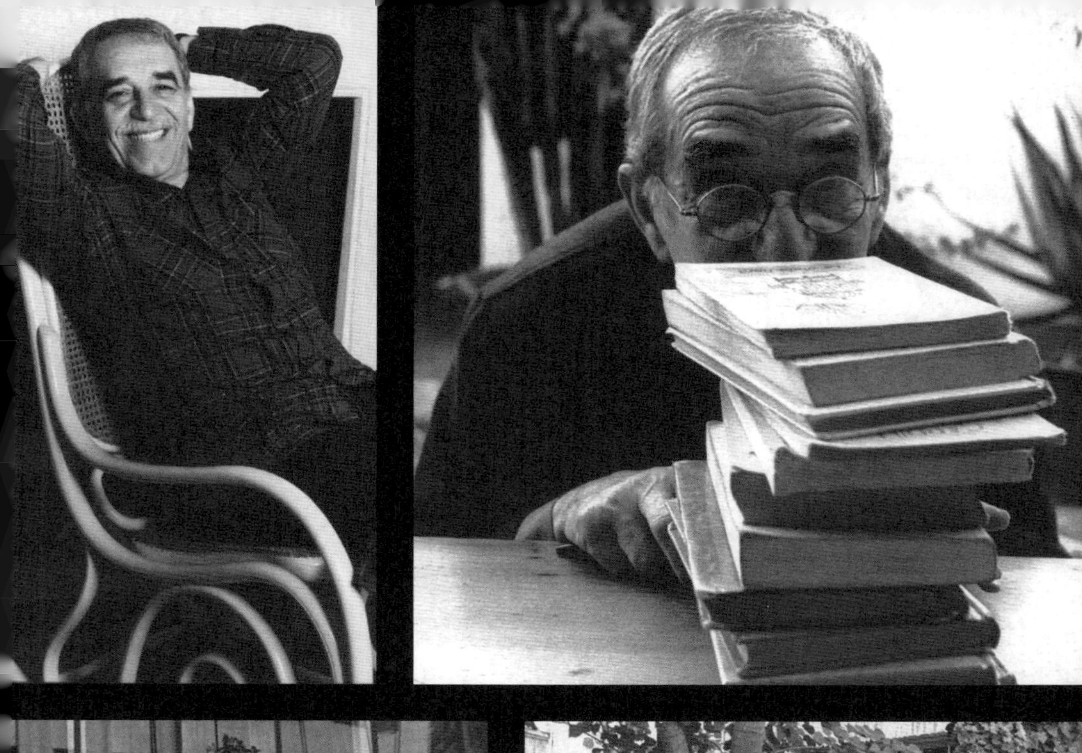

Gabo com seu filho Gonzalo

García Márquez, Mercedes Barcha e seus filhos, Rodrigo e Gonzalo

Gabo com
Fidel Castro

García Márquez e
Mikhail Gorbachev

Gabo com subcomandante
Marcos, março de 2001

Gabo com Bill Clinton e Bill e Barbara Richardson

Gabriel García Márquez, Julio Cortázar e pessoas não identificadas

García Márquez e Jorge Amado

Gabriel García Márquez com Mercedes Barcha em março de 2011

PROJETO GRÁFICO
Renata Vidal

IMAGENS DO BOX E DE CAPA DO LIVRETO
Rawpixel

CRÉDITOS DAS IMAGENS
p. 4: *© Lluis Miquel Palomares, sem ano / Acervo Agência Balcells*

Todas as demais fotos foram retiradas da Gabriel García Márquez Collection / Harry Ransom Center, The University of Texas at Austin

p. 4, em sentido horário: *Autoria desconhecida, sem ano; Autoria desconhecida, sem ano; © Rodrigo García Barcha, 1959*
p. 7: *Autoria desconhecida, sem ano.*
p. 8: *© Autoria desconhecida, julho de 1962.*
p. 9: *© Gabriel García Márquez, julho de 1985.*
p. 11: *© Autoria desconhecida, dezembro de 1982.*
p. 12: *© Dēmētrēs Geros, junho de 2006.*
p. 15: *Autoria desconhecida, sem ano.*
p. 16: *© Gabriel García Márquez, 1980.*
p. 19: *© Autoria desconhecida, junho de 1916; © Autoria desconhecida, dezembro de 1917.*
p. 20: *Autoria desconhecida, sem ano.*
p. 23: *© Gabriel García Márquez, 1967.*
p. 24: *© Dēmētrēs Geros, sem ano.*
p. 25, em sentido horário: *© Autoria desconhecida, 1993; Autoria desconhecida, sem ano; © Autoria desconhecida, 1980; Autoria desconhecida, sem ano; © Hernán Díaz, sem ano.*
p. 26: *Autoria desconhecida, sem ano; Autoria desconhecida, sem ano; © Autoria desconhecida, março de 2001.*
p. 27: *Autoria desconhecida, sem ano; © Beppe Arvidsson, sem ano; Autoria desconhecida, sem ano.*
p. 28: *© Autoria desconhecida, 21 de março de 2011.*

Este livreto foi composto em Bembo Std e Univers LT Std,
e impresso em papel off-set Alta Alvura FSC 75 g/m² na gráfica Geográfica.